Texte de Paul Kropp

Illustrations de Loris Lesynski

Texte français de Marie-Andrée Clermont

Les éditions Scholastic

Pour Lori, la meilleure des enseignantes de 2e année — P.K.

Pour Teresa Toten, qui encourage les gribouillages — L.L.

Texte original publié par Omnibus Books, de SCHOLASTIC GROUP, Sydney, Australie.

Catalogage avant publication de la Bibliothèque nationale du Canada

Kropp, Paul, 1948-
[What a story!. Français]

Quelle histoire! / texte de Paul Kropp ; illustrations de Loris Lesynski ; texte français de Marie-Andrée Clermont.

(Petit roman)
Traduction de: What a story!.
Pour enfants de 5 ans et plus.
ISBN 0-7791-1354-3

I. Clermont, Marie-Andrée II. Lesynski, Loris III. Titre. IV. Title: What a story!. Français. V. Collection: Petit roman (Markham, Ont.)

PS8571.R772W4314 2002 jC813'.54 C2002-901518-9 PZ7

Édition publiée par Les éditions Scholastic, 175, Hillmount Road, Markham (Ontario) L6C 1Z7 CANADA.

6 5 4 3 2 1 Imprimé au Canada 02 03 04 05

Chapitre 1

Sara aime beaucoup sa nouvelle enseignante, Mme Tardif.

— Attention, dit celle-ci à sa classe, mon nom rime avec midi ou bigoudi. Que je ne vous entende pas le faire rimer avec canif ni avec shérif!

Mme Tardif a le tour de faire rigoler les élèves, et cela plaît à Sara.

Une chose lui déplaît, par contre : la manie qu'a leur enseignante de leur faire écrire des histoires.

— Ce mois-ci, nous étudions les insectes, annonce Mme Tardif à sa classe. Voici ce que vous devez faire : imaginez comment ce serait si vous étiez un insecte. Et ensuite, écrivez-moi une histoire là-dessus.

Chapitre 2

Les amies de Sara trouvent aussitôt des idées.

— C'est facile, déclare Tasha. Je vais imaginer que je suis une coccinelle.

— Je vais raconter comment je me sentirais si j'étais un papillon, dit Lina.

Même Georges semble beaucoup s'amuser.

— Moi, je vais imaginer que je suis une araignée, dit-il.

Mais Sara n'est pas du tout inspirée. Elle n'arrive pas à s'imaginer en insecte. Alors, elle n'écrit rien. Pas un mot.

Chapitre 3

Aujourd'hui, chaque élève doit lire son histoire devant la classe. Arrive le tour de Sara.

— Je voulais écrire une histoire, madame Tardif, sauf que... sauf que...

Sara se met à penser à toute vitesse.

— Lorsque j'ai allumé l'ordinateur, j'ai vu de la fumée qui en sortait, dit-elle. Alors, j'ai appelé les pompiers! Ils ont éteint le feu, mais l'ordinateur – aïe! – quel désastre! Papa n'était pas content du tout.

— Et les pompiers? demandent en chœur les autres élèves.

— Eh bien, ils m'ont trouvée pas mal brave. Ils vont peut-être même me donner une médaille!

Mme Tardif applaudit. Sara est radieuse. Et personne ne lui reparle de son histoire.

Chapitre 4

Au cours du mois suivant, la classe étudie la météo.

— Voici ce que vous devez faire, dit Mme Tardif. Imaginez que vous vous faites prendre dans une grosse tempête. Et ensuite, écrivez-moi une histoire là-dessus.

Tous les élèves trouvent ce devoir facile.

Dans son histoire, Tasha raconte qu'elle traverse un ouragan. Lina imagine qu'elle est forcée de rester dehors pendant une averse de grêle.

Même Georges invente une bonne histoire dans laquelle il se fait aspirer par une tornade.

Mais Sara n'est pas du tout inspirée. Elle n'arrive pas à s'imaginer dans une grosse tempête. Alors, elle n'écrit rien. Pas un mot.

Chapitre 5

Aujourd'hui, chaque élève doit lire son histoire devant la classe. Arrive le tour de Sara.

— J'avais commencé à écrire une histoire, madame Tardif, sauf que...
sauf que...

Sara se met à penser à toute vitesse.

— J'étais assise à la table quand mon petit frère, qui est encore un bébé, s'est étouffé, explique-t-elle. Son visage est devenu bleu.

— Bleu!?!? s'exclament les élèves.

— Oui, bleu, affirme Sara. Alors, j'ai appelé maman. Tout à coup, j'ai aperçu un truc jaune dégueulasse dans la bouche de mon petit frère. Vite, j'ai tiré dessus et je l'ai jeté par terre! Sauf qu'il a atterri en plein sur mon histoire…

— … et là, maman a ramassé mon histoire avec le truc jaune dégueulasse dessus, et elle a tout jeté.

Sara paraît au bord des larmes.

— Je comprends, dit Mme Tardif.

Et personne ne reparle à Sara de son histoire.

Chapitre 6

Ce mois-ci, la classe se prépare à fêter la Saint-Valentin.

— Voici ce que vous devez faire, dit Mme Tardif. Imaginez comment ce serait d'être amoureux. Et ensuite, écrivez-moi une histoire là-dessus.

Cette fois, personne ne trouve le devoir facile. Mais toute la classe se met au travail avec ardeur.

Dans son histoire, Tasha raconte comment ses parents sont tombés amoureux. Lina explique comment Ken et Barbie, ses poupées, sont tombés amoureux.

Même Georges écrit une belle histoire : celle d'une grenouille et d'un ouaouaron qui chantent à l'unisson – Coooa! Coooa! – pendant la nuit. Il l'envoie à Sara dans une enveloppe en forme de cœur!

Mais Sara a horreur de ce sujet! Elle n'a jamais été amoureuse. Et elle n'a pas envie de l'être – jamais, au grand jamais! – et surtout pas de Georges! Alors, elle n'écrit rien. Pas un mot!

Chapitre 7

Aujourd'hui, chaque élève doit lire son histoire devant la classe. Arrive le tour de Sara.

— J'avais écrit une histoire, madame Tardif, sauf que... sauf que...

Sara se met à penser à toute vitesse.

— Sauf que papa voulait y jeter un coup d'œil. Mais le téléphone a sonné tout à coup. C'était son patron qui l'appelait. Il lui a dit de s'en aller à Londres tout de suite. Alors papa a filé à l'aéroport parce que l'avion décollait, et là, euh... eh bien... sans le faire exprès...

— Il est parti avec ton devoir, devine Georges.

— C'est ça! confirme Sara. Alors, j'ai bien peur de ne pas avoir mon histoire, madame Tardif.

Quelques élèves rigolent. D'autres jettent un regard en coin à Sara. L'enseignante se contente de soupirer.

Chapitre 8

Pendant le mois suivant, la classe étudie le système solaire.

— Voici ce que vous devez faire, dit Mme Tardif en regardant Sara droit dans les yeux. Imaginez que vous êtes dans le cosmos. Et ensuite, écrivez-moi une histoire là-dessus.

Ce devoir sur le cosmos plaît énormément aux garçons.

La plupart des filles pensent pouvoir y arriver sans problème. Dans son histoire, Lina raconte qu'elle vit sur Mercure et qu'elle attrape un coup de soleil. Tasha imagine qu'elle explore Pluton et qu'elle gèle tout rond.

Dans son histoire, Georges promène Sara autour de la planète Mars sur un scooter cosmique.

Chapitre 9

Aujourd'hui, chaque élève doit lire son histoire devant la classe. Arrive le tour de Sara.

— Je voulais écrire une histoire, madame Tardif. Sauf que... sauf que...

— Une petite minute! s'exclame Mme Tardif. J'adore tes excuses, Sara, mais cette fois, tu ne t'en sortiras pas comme ça : tu vas devoir écrire une vraie histoire – sur du papier. Je te garde en classe à midi et nous allons y travailler ensemble.

Chapitre 10

Tout est calme dans la classe; les autres élèves sont partis dîner. Sara sent le besoin de dire quelque chose :

— Eh bien, j'avais commencé à écrire une histoire quand mon chien a mâchouillé les pages et...

— Sara, interrompt Mme Tardif.

— Eh bien, elle était toute finie, mais, euh... je ne sais trop comment..., elle est tombée dans les toilettes et...

— Sara, j'ai eu une petite conversation avec ta maman, hier soir, dit l'enseignante.

— Oh, oh! fait Sara.

— Ton papa n'est jamais allé à Londres, reprend Mme Tardif. Ton petit frère ne s'est jamais étouffé avec un truc jaune dégueulasse. Et ton ordinateur n'a jamais pris feu.

— Euh! non, pas vraiment, reconnaît Sara, qui sent son visage devenir tout rouge.

Chapitre 11

— Tu es capable d'imaginer beaucoup de choses farfelues, Sara. Comment se fait-il que tu aies autant de difficulté à écrire une histoire? demande Mme Tardif.

— Je ne peux pas m'imaginer en insecte, ni sur la planète Mars, ni en amour, explique Sara. Je préfère écrire sur ce qui se passe dans la vraie vie.

— Bonne idée! approuve l'enseignante. Je vais t'aider.

Chapitre 12

Une fois qu'elle a commencé, Sara n'a pas besoin d'aide. Les mots se mettent à couler tout seuls dans sa tête, de plus en plus vite. Elle n'en finit pas d'écrire, d'écrire et d'écrire encore. Elle s'arrête une seule fois.

— Madame Tardif, demande-t-elle en levant les yeux, comment est-ce qu'on épelle le mot éléphant?

Le jour où mon éléphant a rencontré Georges

Paul Kropp

J'ai commencé à écrire des histoires pour Mme Brown, mon enseignante de 2e année. À l'époque, la plupart de mes histoires parlaient d'avions et de bombes, parce que tout ce que je pouvais dessiner, c'était des avions et des grosses taches qui représentaient des explosions.

Mme Brown voulait que j'écrive de « jolies » histoires de lapins et de souris, mais je ne savais pas dessiner des lapins, et j'avais peur des souris! Je suis quand même devenu auteur, surtout de romans pour adolescents. Je ne parle jamais de lapins ni de souris dans mes histoires, mais il m'arrive d'y mettre un éléphant.

Loris Lesynski

J'ai toujours eu du talent pour inventer de bonnes excuses quand je ne remettais pas mes travaux à temps. C'est pourquoi j'ai tout de suite saisi cette histoire en l'illustrant.

En plus de dessiner, j'écris des histoires et des poèmes. Tout comme Sara, il m'arrive de manquer d'idées quand on me demande d'écrire quelque chose. Il me faudrait le numéro de téléphone de Mme Tardif; elle m'a l'air d'une très bonne enseignante!

J'adore la fin de l'histoire. Chaque lecteur se met à imaginer ce qu'est la « vraie » vie.